RÉPONSE

AUX ANONYMES

QUI ONT ÉCRIT DES LETTRES

À PAUL-LOUIS COURIER,

VIGNERON.

BRUXELLES,

CHEZ DEMAT, IMPRIMEUR-LIBRAIRE.

1822.

RÉPONSE

AUX ANONYMES

QUI ONT ÉCRIT DES LETTRES

A PAUL-LOUIS COURIER,

VIGNERON.

JE reçois quelquefois des lettres anonymes, les unes flatteuses me plaisent, car j'aime la louange; d'autres moqueuses, piquantes, me sont moins agréables, mais beaucoup plus utiles; j'y trouve la vérité, trésor inestimable, et souvent des avis que ne me donneraient peut-être aucun de ceux qui me veulent le plus de bien. Afin donc que l'on continue à m'écrire de la sorte, pour mon très-grand profit, je réponds à ces lettres par celle-ci imprimée, n'ayant autre moyen de la faire parvenir à mes correspondans, et répondrai de même à tous ceux qui voudraient me faire part de leurs sentimens sur ma conduite et mes écrits. Un pareil commerce sans doute aurait quelques difficultés sous ces gouvernemens faibles, peureux, ennemis de toute publicité, serait même de fait impossible, sans la liberté de la presse, dont nous jouissons, comme dit bien M. de Broë, dans toute son étendue depuis la restauration. Si la presse n'était pas libre, comme elle l'est par la charte, il pourrait arriver qu'un commissaire de police saisît chez l'imprimeur toute ma correspondance ; qu'un procureur du Roi envoyât en prison et l'imprimeur, et moi , et mon libraire , et mes lecteurs. Ces choses se font dans les pays où règne un pouvoir odieux , complice de quelques-uns , et ennemi de tous. Mais en France heureusement , sous l'empire des lois , de la constitution , de la charte jurée , sous un gouvernement ami de la nation et cher à tout le monde , rien de tel n'est à craindre. On dit ce que l'on pense ; on imprime ce qui se dit , et personne n'a peur de parler ni d'entendre. J'imprime donc ceci , non pour le public , mais pour ces personnes seulement qui me font l'honneur de m'écrire , sans me dire leur nom ni leur adresse.

Paul-Louis Courier , vigneron de la Charonnière , bûcheron de la forêt de Larçay , laboureur de la Filonière , de la Toussière , et autres lieux, à tous anonymes inconnus qui ces présentes verront, salut :

J'ai reçu la vôtre , signée le trop rusé marquis d'Effiat ; elle m'a diverti, instruit, par les curieuses notes qu'elles contient sur l'histoire ancienne et moderne;

Et la vôtre , timbrée de Béfort , non signée , où vous me reprochez , d'une façon peu polie , mais franche , que je ne suis point modeste. M'examinant là-dessus , j'ai trouvé qu'en effet je ne suis pas modeste, et que j'ai de moi-même une haute opinion ; en quoi je puis me tromper comme bien d'autres. Vous en jugez ainsi à tort et par envie, à ce qu'il me paraît ; toutefois l'avis est bon ; et, pour en profiter, j'userai des formules dont se couvre l'estime que chacun fait de soi, heureuse invention de nos académies! Je dirai de mes écrits qui sont assurément les plus beaux de ce siècle, faibles productions qu'accueille avec bonté le public indulgent ; et de moi, le premier homme du monde sans contredit, votre très-humble serviteur, vigneron quoiqu'indigne.

Dans celle-ci, venant d'Amiens, sans signature pareillement, vous me dites, Monsieur, que je serai pendu. Pourquoi non ? D'autres l'ont été d'aussi bonne maison que moi : le président Brisson, honnête homme et savant, pour avoir conseillé au roi de se défier des courtisans, fut pendu par les Seize, royalistes quand même, défenseurs de la foi, de l'autel et du trône. Il demanda, comme grâce, de pouvoir achever, avant qu'on le pendît son Traité des usages et coutumes de Perse qui devait être, disoit-il, une tant belle œuvre. Peu de chose y manquait ; c'eût été bientôt fait : il ne fut non plus écouté que le bonhomme Lavoisier, depuis en cas pareil, et Archimède jadis. Parmi tous ces grands noms je n'ose me placer ; mais pourtant j'ai aussi quelque chose à finir, et l'on va me juger, et je vois bien des Seize. Tout beau, soyons modeste.

Dans la vôtre, Monsieur, qui m'écrivez de Paris, vous me dites....., voici vos termes : Je suis de vos amis, Monsieur, et comme tel je vous dois un avis. On va vous remettre en prison ; c'est une chose résolue, et je le sais de bonne part, non pas pour votre pétition des villageois qui veulent danser, écrit innocent et benin, où personne n'a rien vu qui pût offenser le parti régnant. C'est le prétexte tout au plus, l'occasion qu'on cherchait pour vous persécuter, mais non le vrai motif. On vous en veut, parce que vous êtes orléanistes, ami particulier du duc d'Orléans. Vous l'avez loué dans quelques brochures; vous êtes du parti d'Orléans. Voilà ce qui se dit de vous, et que bien des gens croient, non pas moi. Je juge de vous tout autrement. Vous n'êtes point orléaniste, ami ni partisan du duc ; vous n'aimez aucun prince, vous êtes républicain.

Ce sont vos propres mots. Suis-je donc républicain ? J'ai lu de bons auteurs et réfléchi long-temps sur le meilleur gouvernement. J'y pense même encore à mes heures de loisir ; mais j'avance peu dans cette recherche, et loin d'avoir acquis par de telles études l'opinion décidée que vous me supposez, je trouve, s'il faut l'avouer, que plus je médite et moins je sais à quoi m'en tenir ; d'où vient que dans la conversation, et bien des gens m'en font un reproche : aisément je me range, sans nulle complaisance, à l'avis de ceux qui me parlent, pourvu qu'ils aient un avis, et non de simples intérêts sur ces grandes questions débattues de nos jours avec tant de chaleur. Je conteste fort peu : j'aime la liberté par instinct, par nature. Je serais républicain avec vous en causant, car vous l'êtes, je le vois bien, et vous m'étaleriez toutes les bonnes raisons qui se peuvent donner en faveur de ce gouvernement. Vous n'auriez point de peine à me gagner; mais bientôt, rencontrant quelqu'un qui me dirait et montrerait par vives raisons qu'il peut y avoir liberté dans la monarchie, s'il n'allait même jusqu'à prétendre, car c'est l'opinion de plusieurs, et elle se peut soutenir qu'il n'y a de liberté que dans la monarchie, alors je passerais de ce côté, abandonnant la république, tant je suis maniable, docile, doutant de mes propres idées, en tout aisé à convertir, pour peu qu'on me veuille prêcher, non forcer.

Et voilà le tort qu'ont avec moi les gouvernans et leurs agens. Ils ne causent jamais, ne répondent à rien. Je leur dis qu'il ne faut pas nous faire payer Chambord, et le prouve de mon mieux, assez clairement, ce me semble. Etant d'avis contraire, s'ils daignaient s'expliquer, s'ils entraient en propos, ou verrait leurs raisons, et le moindre discours, fondé sur quelqu'apparence de bon sens, m'amènerait aisément à croire que je me trompe; qu'acheter Chambord est pour nous la meilleure affaire, et que nous avons de l'argent de reste. On m'a persuadé des choses plus étranges; mais ils ne répondent mot, et me mettent en prison. Quel argument, je vous prie? Est-ce là raisonner. Dès lors plus de doute. J'ai dit la vérité; j'abonde dans mon sens et n'en veux pas démordre. Ma remarque subsiste. Me voilà convaincu, et le public avec moi, qu'ils ne savent que dire, qu'ils n'ont pas même pour eux de mauvaises raisons; que ne voulant s'amender ni s'avouer dans l'erreur, c'est le vrai qui les fâche; et je triomphe en prison.

Une autre fois je les avertis que de jeunes curés dans nos campagnes, par un zèle indiscret, compromettent la religion, en éloignent le peuple au lieu de l'y ramener. Que font mes gouvernans là-dessus? vous croyez qu'ils vont examiner si j'ai dit vrai, afin d'y apporter remède. J'en use de la sorte et vous aussi, je pense, quand on vous donne quelqu'avis. Mais des Ministres, fi ! ce serait s'abaisser. Ce serait-ce qu'à la Cour on nomme recevoir la loi des sujets? Sans rien examiner, on me remet en prison, et je triomphe encore comme Wackefield à Newgate ; il y mourut ; voici l'histoire :

C'était un homme de bien, fameux par son savoir. Les Ministres, voulant augmenter le budget, vantaient l'économie et la gloire que ce serait à la nation anglaise de payer plus d'impôts qu'aucune de l'Europe. Les impôts, selon eux, ne pouvaient être trop forts. Que l'on ôte à chacun la moitié de son bien, le rapport des fortunes entr'elles restant, la même personne n'est appauvrie. Si, disaient-ils, une maison s'enfonçait d'un étage ou deux, en gardant son niveau, elle ne serait plus solide. Ainsi, la réduction de toutes les fortunes au profit du trésor consolide l'Etat, et cette réduction est une chose en soi absolument indifférente. Oui, bien pour vous, dit Wackefield dans un écrit célèbre alors, pour vous qui habitez le haut de la maison ; mais nous dans les étages bas, nous sommes enterrés, Monseigneur. Ce mot parut séditieux, offensant le Roi, la morale, subversif de l'ordre social, et le bon Wackefield, traduit devant ses

juges naturels qui tous dépendaient des Ministres, avec un avocat également naturel qui dé-
pendait des juges, son procès instruit dans la
forme, s'entendit condamner à trois ans de prison. Il n'y fut pas ce temps; au bout de quelques mois malade, ses amis, comme il était peu
riche, avaient souscrit entre eux, pour que sa
femme et ses enfans pussent loger près de la
prison : mais l'autorité s'y opposant, au nom de
l'ordre social, il mourut sans secours, sans con-
solation, moins à plaindre que ceux qui le per-
sécutaient ; car il avait pour lui l'approbation
publique, l'assurance d'avoir bien dit et bien
fait. Mais ils vécurent eux, dévorés de soucis,
de rage ambitieuse, ou se coupèrent le cou, las
de mentir, de tromper, d'augmenter le budjet
et de faire curée des entrailles du peuple, à de
lâches courtisans.

Ainsi périt Wackefield, pour une seule parole.
Rien n'est si dangereux que de parler à ceux
qui sont forts et veulent de l'argent. C'est la
bourse à la main qu'il faut répondre. Eh! bien,
connaissant ces exemples, que n'en profitiez-
vous? de semblables leçons devaient vous rendre
sage, même avant celle que vous avez eue en
votre personne; voilà ce qu'on me dit : pourquoi
écrire enfin? et qui diantre vous pousse à vous
faire imprimer? Ne sauriez-vous vous taire, et
comme dit Boileau, imiter de Courard le silence
prudent? Ce Courard, bel esprit, par principe
de conduite, parlait peu et n'écrivait point ; il
réussit dans le monde et fut de l'Académie. Car
alors aussi, on faisait Académiciens ceux qui

n'écrivaient point, sans toutefois mettre en prison ceux qui écrivaient. Vous, Paul-Louis, vous deviez être non-seulement prudent, mais muet ; afin, sinon de parvenir à l'Académie, de vivre en paix, du moins. Il fallait vous tenir coi, tailler votre vigne, non votre plume ; vous faire petit, ne bouger de peur d'être le moins du monde aperçu, entendu. On vous guettait, vous le voyez ; on ne vous pardonnera pas. Pourquoi cela, Monsieur? l'anonyme, s'il vous plaît, on a bien pardonné à M. Pardessus. Mais écoutez encore avant que je réponde ; écoutez ce récit qui ne vous tiendra guère.

Un écrivain célèbre en Angleterre, auteur d'un des meilleurs ouvrages que l'on ait jamais fait ; l'auteur de Robinson, Daniel de Foe, publia un écrit tendant à insinuer que les dépenses de la Cour étaient considérables. Aussitôt les Ministres le livrent à leurs juges ; on le mit en prison ; il écrivit encore, on le mit au carcan. Ses amis le blâmaient ; mais il leur répondit : il ne dépend pas de moi de parler ou de me taire ; et lorsque l'esprit souffle, il faut lui obéir. C'était le langage du temps. On tirait tout de l'écriture, comme à-présent de Jean-Jacques. On parlait la Bible, aujourd'hui on parle Rousseau Un abbé met en pièces Emile pour prêcher aux indifférens en matière de religion.

Quant à moi, ce n'est pas l'esprit, c'est la sottise qui me fait aller en prison. J'ai cru bonnement à la Charte ; j'ai donné dans la Charte en plein ; je le confesse, à ma très-grande honte, et pourtant de plus fins y ont été pris comme moi. De ma vie, sans la Charte, je n'eusse imaginé de parler au Public de ce qui l'intéresse. Robespierre, Barras et le grand Napoléon, depuis plus de vingt ans m'avaient appris à me taire, Bonaparte, surtout; ce héros ne trompait pas. Il ne nous baillait pas le lièvre par l'oreille, jamais ne nous leurra de la liberté de la presse ni d'aucune liberté. Un peu Turc dans sa manière, il mettait au bagne ce bon peuple, mais sans l'abuser le moins du monde, et ne nous cacha point sa royale pensée, qui fut toujours d'avoir en propre nos corps et nos biens seulement. Des âmes, il en faisait peu de cas. Ce n'est que depuis lui qu'on a compté les âmes. Voulant parler tout seul, il imposa silence à nous premièrement, puis à l'Europe entière; et le monde se tut : personne ne souffla, homme ne s'en plaignit; ayant cela de commode, qu'avec lui on savait du moins à quoi s'en tenir. J'aime cette façon, et j'ai tâté de l'autre. La Charte vint, on me dit : parlez, vous êtes libre, écrivez, imprimez; la liberté de la presse et toutes libertés vous sont garanties. Que craignez-vous? si les puissans se fâchent, vous avez le jury et la publicité, le droit de pétition; vos députés à vous, élus, nommés par vous. Ils ne souffriraient pas que l'on vous fasse tort. Parlez un peu pour voir; dites-nous quelque chose. Moi pauvre, qui ne connaissais pas le gouvernement provocateur, pensant que c'était tout de bon, j'ouvre la bouche et dis: je voudrais, s'il vous plaisait, ne pas payer Chambord. Sur ce mot; on me prend; on me met en prison. Sorti, je ne pus croire tant, j'étais de mon pays, qu'il n'y eût à cela quelque malentendu. Ils m'auront mal compris, me disais-je assurément. Un peu de sens commun (chose rare !) eût suffi pour me tirer d'erreur : mais imbu de ma Charte et de mes garanties ; persuadé qu'on m'écouterait sans mauvaise humeur, cette fois je hasarde une autre requête. Si c'était, dis-je, tenant mon chapeau à deux mains, si c'était votre bon plaisir de nous laisser danser devant notre logis le Dimanche.... Gendarmes, qu'on le mène en prison ; maximum de la peine, amende, etc. Du jury, point de nouvelles ; droit de pétition, chansons ; mes députés, ils sont à moi comme mon Préfet à-peu-près. La publicité des jugemens ; savez-vous, Monsieur ce que c'est ? mes ennemis pourront, s'ils le jugent à propos, imprimer ma défense dans des feuilles à eux, me faire dire cent sottises ; à eux il est permis de déduire mes raisons comme ils veulent au public ; à moi, à mes amis, défendu d'en dire mot, de réfuter, démentir en aucune façon les réponses absurdes et les impertinences qu'il leur aura plu m'attribuer. Voilà ce que je gagne à la publicité des Débats judiciaires. Heureux, cent fois heureux, ceux que Laubardemont faisait condamner à huit clos par ordre de Son Eminence ! ils étaient opprimés, mais non déshonorés.

Ce langage est monarchique. De tels sentimens ne sont point du tout républicains, et si je me contente en pareille matière des formes usitées sous ce grand cardinal, je ne suis pas si Romain que vous l'imaginez. Sur quel fondement? je ne sais, et ne devine pas davantage ce qui vous a pu faire croire que je n'aimais ni le duc d'Orléans, ni aucun Prince. Assurément rien n'est plus loin de la vérité. J'aime au contraire tous les Princes, et tout le monde en général ; et le duc d'Orléans particulièrement (voyez comme vous vous trompiez), parce qu'étant né Prince il daigne être honnête homme. Du moins n'entends-je point dire qu'il attrape les gens. Nous n'avons, il est vrai, aucune affaire ensemble, ni pacte, ni contrat. Il ne m'a rien promis, rien juré devant Dieu ; mais le cas avenant je me fierois à lui, quoiqu'il m'en ait mal pris avec d'autres déjà. Si faut-il néanmoins se fier à quelqu'un. Lui et moi nous n'aurions, m'est avis, nulle peine à nous accommoder, et l'accord fait, je pense qu'il le tiendrait sans fraude, sans chicane, sans noise, sans en délibérer avec de vieux voisins, gentilshommes et autres, qui ne me veulent point de bien, ni en consulter les Jésuites. Voici ce qui me donne de lui cette opinion. Il est de notre temps; de ce siècle-ci, non de l'autre, ayant peu vu, je crois, ce qu'on nomme ancien régime. Il a fait la guerre avec nous; d'où vient, dit-on, qu'il n'a pas peur des sous-officiers : et depuis, émigré, malgré lui, jamais ne la fit contre nous, sachant trop ce qu'il devait à la terre natale, et qu'on ne peut avoir raison contre son pays. Il sait cela et d'autres choses qui ne s'apprennent guères dans le rang où il est. Son bonheur a voulu qu'il en ait pu descendre, et jeune, vivre comme nous. De Prince il s'est fait homme. En France, il combattit nos communs ennemis; hors de France,

les sciences occupaient son loisir. De lui n'a pu
se dire le mot, rien oublié, ni rien appris. Les
Étrangers l'ont vu s'instruire, et non mendier.
Il n'a point prié Pitt, ni supplié Cobourg de
ravager nos champs, de brûler nos villages, pour
venger les châteaux; de retour, n'a point fondé
des messes, des séminaires, ni doté des couvens
à nos dépens; mais sage dans sa vie, dans ses
mœurs, donne un exemple qui prêche mieux
que les missionnaires. Bref, c'est un homme de
bien. Je voudrais, quant à moi, que tous les
Princes lui ressemblassent; aucun d'eux n'y per-
drait, et nous y gagnerions, ou je voudrais qu'il
fût maire de la commune; j'entends, s'il se pou-
vait (hypothèse toute pure), sans déplacer personne; je hais les destitutions. Il ajusterait bien
des choses, non-seulement par cette sagesse que
Dieu a mise en lui, mais par une vertu non moins
considérable et trop peu célébrée; c'est son économie, qualité si l'on veut bourgeoise, que la
Cour abhorre dans un Prince, et qui n'est pas
matière d'éloge académique, ni d'oraison funè-
bre; mais pour nous si précieuse, pour nous
administrés, si belle dans un maire, si.... com-
ment dirai-je? divine, qu'avec celle-là, je le
tiendrais quitte quasi de toutes les autres.

Lorsque j'en parle ainsi, ce n'est pas que je
le connaisse plus que vous, ni peut-être autant;
ne l'ayant même jamais vu. Je n'sais ce qui se
dit; mais le public n'est point sot, et peut juger
les princes, car ils vivent en public. Ce n'est
pas non plus que je veuile être son garde cham-
pêtre, au cas qu'il devienne maire. Je ne vaux

rien pour cet emploi, ni pour quelqu'autre que
ce soit : capable tout au plus de cultiver ma
vigne, quand je ne suis pas en prison. J'y serais,
je crois, moins souvent ; mais cela même n'étant
pas sûr, je puis dire que tout changement dans
la mairie et les adjoints, pour mon compte m'est
indifférent. Au reste, ce qu'on pense de lui
généralement, vous l'avez pu voir ou savoir ces
jours-ci, lorsqu'il parut au théâtre avec sa fa-
mille. On ne l'attendait pas ; l'assemblée n'était
point composée, préparée comme il se pratique
pour les grands. C'était bien-là le public, et il
n'y avait rien que l'on pût soupçonner d'être ar-
rangé d'avance. La police n'eut point de part
aux marques d'affection qui lui furent données
en cette occasion ; ou, si de fait elle était là,
comme on le peut croire aisément, partout in-
visible et présente, ce n'était pas pour accueillir
le duc d'Orléans. Il entra, on le vit ; et les
mains et les voix applaudirent de toutes parts.
On n'a point mis, que je sache, le parterre en
jugement, ni traduit l'assemblée à la salle
Martin. Aussi, ne crois-je pas, moi qui l'ai
loué moins haut de ce qu'il a fait de louable,
que ce soit pour cela qu'on me réemprisonne.
Mais vous pouvez être là-dessus beaucoup mieux
instruit.

Ainsi, contre votre opinion, Monsieur,
j'aime le duc d'Orléans ; mais son ami, je ne
le suis pas, comme ces gens le croient, dites-
vous. A moi tant d'honneur n'appartient, et
sans vouloir examiner ce dont on a douté quelquefois, si les Princes ont des amis ; ou si lui,

moins Prince qu'un autre, ne pourrait pas faire exception, je vous dirai que j'ai toujours ri de Jean-Jacques Rousseau, philosophe, qui ne put souffrir ses égaux, ni s'en faire supporter, et en toute sa vie crut n'avoir eu d'ami que le Prince de Conti.

Bien moins suis-je son partisan. Car il n'a point de parti premièrement. Le temps n'est plus où chaque Prince avait le sien; et jamais je ne serai du parti de personne. Je ne suivrai pas un homme, ne cherchant pas fortune dans les Révolutions, contre-Révolutions qui se font au profit de quelques-uns. Né d'abord dans le peuple, j'y suis resté par choix. Il n'a tenu qu'à moi d'en sortir comme tant d'autres qui, pensant s'ennoblir, de fait ont dérogé. Quand il faudra opter suivant la loi de Solon, je serai du parti du peuple, des paysans comme moi.

Accusez réception, s'il vous plaît, de la présente.